행복한 나무

## 김상용

김상용 시인은 서울에서 태어나 유년시절 충남 아산에서 자랐고, 고려대학교 정책대학원 경제학 석사를 졸업했습니다. 문학은 그 존재만으로도 창조적인 경제활동이자 아름다운 건축물이라고 생각하는 저자는 현재 건축 및 도시계획 전문가로 활동하고 있습니다. 특히 그는 시적 영감과 감성은 인간의 마음과 세상의 고통을 치유하고 다스리는 특효약임은 물론이고, 사랑하는 마음을 잃지 않게 해 주는 마법이라고 생각합니다. 이것이 김상용 시인이 시를 사랑하는 이유일 뿐만 아니라, 언제나 그는 시의 세계에 빠져 즐겁게 헤엄치고 있습니다. 요즘 보기 드물게 김상용 시인은 밤하늘 별을 그리워하는 마음으로 시를 사랑하고 시를 노래하는 열정의 문학청년입니다. dean08@hanmail.net

황금알 시인선 191

# 행복한 나무

초판발행일 | 2019년 3월 30일

지은이 | 김상용
펴낸곳 | 도서출판 황금알
펴낸이 | 金永馥
선정위원 | 김영승 · 마종기 · 유안진 · 이수익
주간 | 김영탁
편집실장 | 조경숙
표지디자인 | 칼라박스
주소 | 03088 서울시 종로구 이화장2길 29-3, 104호(동숭동)
전화 | 02)2275-9171
팩스 | 02)2275-9172
이메일 | tibet21@hanmail.net
홈페이지 | http://goldegg21.com
출판등록 | 2003년 03월 26일(제300-2003-230호)

ⓒ2019 김상용 & Gold Egg Publishing Company Printed in Korea
값은 뒤표지에 있습니다.
ISBN 979-11-89205-29-4-03810

# 행복한 나무

### 김상용 시집

황금알

은혜로움!

그렇게밖에 설명할 길이 없다.

어느 날 내게 찾아온 행복한 이웃들

그리고 그 이웃들이 소개해 준 '행복한 나무' 한 그루를

만나고부터 시가 씌어졌다. 나로서는 어찌해 볼 수 없던

그 거대했던 바위에 작은 틈이 벌어지더니

옹달샘처럼 시의 노래가 흘러나왔다.

2019년 1월

김상용

# 차 례

프롤로그

# 새 한 마리 키우며 살고 싶다

마음에 새 한 마리 키우며 살고 싶다
언제나 들여다볼 수 있는 그곳에 둥지를 틀고 앉아
편한 친구처럼 말동무 해 주는 새 한 마리
외로움으로 겹겹이 세워진 마음의 벽
탁탁 부리질로 쪼개어 먹고 사는 새 한 마리
가끔 나의 쓸쓸함을 모이처럼 던져주면
나도 가보지 못한 나의 골짜기 끝까지 날아가서
알 수 없던 나를 꼼꼼하게 일러 주는
선지자 같은 새 한 마리

어쩌다 슬픈 생각으로 등불이 꺼지기라도 할라치면
날갯짓 몇 번으로 환하게 나의 길을 밝혀주는
선하고 감사한 새 한 마리

그런 새 한 마리
마음속에 키우며 살고 싶다

# 별이 빛나는 밤에

삶이 뒤엉킨 실타래 같고
마음은 한없이 추락하여 서글프고 가난해지면
어김없이 난 몸살을 앓습니다

가까스로 추스르고 일어나
아직은 나에게 주어질 삶의 희열을 맞이하고자
새로운 시작을 고민하다 보면
우습게도 어둠 속에서 길을 찾기도 하고
산을 기어 올라가 구름에게 묻기도 하잖아요

어제는 깜깜한 밤하늘에서
아름다운 별 하나를 만났습니다

참 많은 이야기들을 나누었던 것 같아요
삶이 얼마나 고독하고 쓸쓸한지를
꿈을 잃고 살아가는 것에 화를 내기도 하고

별은 그저 듣기만 하더니
그래도 꿈을 잃지 말라고 합니다

고독과 절망 속에서 죽어 간 시인들의 삶을 이야기
하고
　사랑을 얻지 못하고 사라진 고흐, 피카소의 불운을 추
억하면서
　삶의 그릇을 남겨 둔 나를
　위로해 주었습니다

　이제 잠들면 별은 사라지고
　내 꿈도 아침 햇살에 부서져 사라질 줄 알기에
　두려움과 경이로움으로
　별의 노래에 빠져듭니다

　세상의 별들은 점점 사라지고
　별처럼 아름다운 마음을 가진 사람들도
　잊혀가고 있습니다

　문득! 별이 사라진 밤하늘을 떠올리다
　몸서리에 벌떡 일어나서는

새벽이슬에도 따뜻하게 나를 비추는 별 하나를 확인하며
안도하는 밤입니다

# 나의 십자가

나의 십자가는 보름달만 하다가도
잠시 한눈을 팔면
발밑에서 흔적없이 부서집니다
어느 날엔 간 우물에 빠져 허우적대는걸
버드나무가 손을 뻗어
목숨을 구해 주었습니다

이제 이 나이 먹고 보니
나의 십자가도 철이 들려는지
하나님이 안쓰러워집니다

그래서 오늘 밤엔 우리 동네 제일 높은 곳에
나의 십자가를 걸어 놓고 그동안 수고하신
하나님을 위해 기도했습니다

손안으로 반딧불만 하던 빛이
환하게 빛을 키우더니
내 마음으로
곤히 잠든 가족에게로

나의 이웃들 품으로
마을로 들로 어깨춤을 추며 뻗어 가더니
산 아래 온 세상이 빛으로 환합니다

오늘 밤은 하나님도 환하게 웃으며
잠자리에 드십니다

# 행복한 나무

내 마음속엔
행복한 이웃들이 선물한
한 뼘 크기의 작은 나무가
자라고 있습니다

난 신기한 듯
이리저리 둘러보며
그에게 이름을 붙여 봅니다

아브라함, 베드로 아니 바울
그리곤 웃어 버립니다

올봄엔
물과 거름도 충분히 주어
꽃을 피워 보렵니다

여름엔
어느새 훌쩍 자라
제법 바람도 모을 줄 알겠지요

그 밑에 평상을 깔고 누우면
잎새와 바람이 들려주는 노랫소리에
달콤한 낮잠에 빠져듭니다

가을엔
내 키보다 높은 사다리를 딛고
감사의 열매를 따렵니다
옷자락에 쓱쓱 문지르고
한 입 베어 물면
나도 모르게 눈물이 흐릅니다

겨울이 온다 해도
두렵지 않습니다
내 주위엔 따뜻한 이웃들이 있고
당신의 사랑이 있기 때문입니다

내 마음속엔
믿음의 크기만큼 자라는
행복한 나무가 숨 쉬고 있습니다

# 1부

봄spring

# 봄의 탄생

추우니 더우니 해도
삼월은 벌써 몽우리 짓고 잎사귀 내고
할 짓 다했습니다
뿐인가요
길섶 배냇덤불 좀 들춰봐요
그믐칠야 시퍼렇게 뿌려진 생명들이
깐깐오월 그 지루한 초록에 안달하며
난리가 났습니다

봄바람, 서풍을 제 어미 품인 양
신들신들 젖줄을 물고서 불같이 일어서려는지
두 눈을 치켜뜨고 도사리는데
한밤중 얼핏 밟힌 초승달에도
진저리가 쳐집니다

# 씨감자

힘들었던 한때를 떠올리다가도
웃음 지을 수 있는 것은
그립던 얼굴들
감자줄기처럼 매달려 있기 때문이다

긴 터널을 헤매오느라
제멋대로 생겨버린 뚱딴지들
양념이랄 것도 없이 소금이나 척 뿌려
냄비 그득 삶아내면
폭폭 찔러보고 싶은 옛이야기들
주렁주렁 달려 나와서는
뼛속까지 으스러진다

먼 훗날 둘러앉아
호호 불며 야금야금 먹게시리
봄의 한 귀퉁이엘랑
씨감자 한 바가지 심어 보자

# 봄봄

가을께 붙여 논
마늘밭 짚풀 거둬내야지

정월 보름 성에 땅 열고
시금치 씨 뿌려야지

고추밭 투드려
갈아엎어 놔야지

완두콩
강낭콩
감자 심어야지
열무 갈아야지

심어만 놓으면
절로 먹남

풀매야지
약쳐야지

봄볕에, 니 엄니
똥 싸게 생겼다

# 어디께유타령*

우리 마을 봄이 오는 소리
엄니가 어디께여 물으면
저기께유 하고 나승갱이 씀배기 난디로
고갯짓마당 쏘옥 봄나물
누이가 요기께여 고개를 들면
조기께여 하고 민들레 미나리 핀디로
턱짓마당 쑤욱 질갱이도 났네

"어디께여, 저기께유, 요오기께여, 조오기께유"

봄나물 한 소쿠리 캐내느라
들판이 들쑥들쑥 어깨춤이 날쑥거린다

아부지가 고기께여 물으면
요기께유 하고 황발이 농발이 구녕
대낚질로 쪼옥 칙사리 올리고
엉아가 저기께여 달려오면
고기께여 뛰어가 갯망댕이 갯지랭이를
팔뚝낚시로 쭈욱 뽑아낸다

"어디께여, 요기께유, 저어기께여, 고오기께유"

갯벌낚시 한 망탱이 잡아내느라
꺼머죽한 갯바닥이 그이눈깔로 반짝이고
밀물이 히죽히죽 지랄이 났슈

"어디께라고, 고기께유
요기께라고, 조오기께라구유"


* 어디께유타령: 충청도 봄타령.

# 봉숭아꽃

국민학교 5학년 때였지 아마!
서울살이 하도 낯설어
썰물 빠진 골목길을 서성이다
달랑게처럼 쏙 들어가
숨곤 했지

고향선 발로 차서 드나들던 몸이신데
말이 아니었지
글쎄, 쇠문에 집게까지
물렸다니까

미련했지, 미련했어!
혼자서 피멍을 터뜨리고
그해 겨울을 꼬박
절뚝거리며 다녔으니까

신기하게도 봄은
생인손 허물 벗은 그 자리에
새싹을 틔워 주더라고

누이는 호들갑을 떨며
빨갛게 봉숭아 꽃물을 들여 주었지

내 손가락 끝에서
작고 못생긴 서울이
수줍게 웃고 있었어

# 민들레

애야
언니들 다 어디 가고
너 혼자 심심히 서 있니

개나리 산수유 꽃마리 언니덜은
얼굴 반반하다고 봄꽃 축제에
죄다 불려 나갔고요

오래비들은
꽃구경 나온 아줌니들
손잡고 사진 찍느라
정신 없지라

저만 이라고
청승 떨고 있어요

상관없어라
애기똥풀 허리 꺾어 매니큐어도 칠허고
홀씨 불어서 하늘로 날려도 되니께

착하기도 하지
그래도 난 길동무 해 주는
네가 젤 이쁘구나

# 꽃무덤

꽃은 한 줌의 흙을 꼭 쥐고 태어난다
오직 한줌의 흙만을 의지한 채
비바람을 견뎌 줄기를 키워내고
꽃망울을 터트린다

그래서 사랑하는 이들은
서로를 꼭 쥐고 놓고 싶지 않을 때
꽃을 선물하는가 보다
한 떼기 논밭을 억척스럽게 움켜쥐시다 가신
우리 아버지 무덤엔
오롯이 들꽃만 피어나는가 보다

오늘 처음으로
너의 주검 아래 가녀린 손마디를 보고
부끄럽다는 생각을 했다

# 들꽃

시골 길 까닭 없이 태어나서는
죽을 힘 다하여 꽃을 피웠더니
밭고랑 비집고 자란 내가
밉지도 않은지
호미질 진땀 흘리던 아낙은 허리 펴고 웃는다

수줍은 손 가을바람에 맡기어 놓고는
살랑살랑 몸 흔들어 눈인사 반기었더니
길손들 멈춰서 눈길 주고 어루만지며
애지중지 귀에 꽂는다

그거면 되었어
이제 시들어 꼬부라져도 서럽진 않을 거야

세상에 이름 없이 나서 늙어가는 것이
어디 나쁘이랴

# 2부

여름summer

# 시

밤하늘이
시인들이 뱉어 놓은 침들로
끈적끈적하다

나도
개구리처럼 펄쩍 뛰어올라

너의 마음 끈적이는
시가 되고 싶다

# 조약돌

조약돌이 강물 앞에 서기까지 삼백 년이
걸렸습니다
백 년은 산으로
백 년은 바위로
백 년은 돌멩이로
지금은 조약돌로 도 닦는 중입니다

조약돌이 다시 삼백 년 후에 강물이 되는
꿈을 꿉니다

아직은 생각을 다듬고 있습니다
얼마나 더 비워야
얼마나 더 넓어져야
얼마나 더 그리워 해야
강처럼 유연히 흘러가
너에게 닿을 수 있을까요

# 엄마 생각

가만히 눈을 감고서
엄마 생각하면
마음에 호두알만 한 귀가 열리고
기억의 되새김질 끄트머리로
에밀레 에밀레* 종소리가 울린다

좁은 방 핏대 세워 굴러가는
재봉틀 소리에 그렇고
골목길 또각 또각
어둠을 밟고 오는
지친 구두 소리에 그렇고
돌아누운 밤,
가시 섞여 토해 내는
잔기침 소리에 그렇다
에밀레 에밀레 종소리가 파고든다

종소리를 들으며
또 이 생각 저 생각 하다 보면
엄마의 외로운 촛불이

나에겐 십자가 같아서
가지런히 두 손 모으고
에밀레 에밀레 종소리를 부른다


* 에밀레: 성덕대왕신종. 설화엔 어미를 부르는 아이의 울음소리로도 들린
  다고 함.

# 여름밤

여름 저녁이면
밀짚 자리 시원한 우리 집 마당은
저녁밥상이 되고 마실 나온 이웃들의
사랑방이 됩니다

숭늉을 들이켜신 아버지가
쑥덤불을 긁어모아
향불 켜듯이 모깃불을 피우면
쓴 약같이 퍼지는 연기에
한참을 용쓰며 맴맴맴 울고 나서야
밤공기에 눈물이 마르고
그제야 별도
수수알처럼 들어와 바스락대고
옥수수알 영그는 밤늦도록
어머니 무릎에서
부채 바람 솔솔 나는 얘기들 발라먹습니다

쑥덤불에선 아직도
매캐한 연기가 흡혈귀 떼를 쫓는데

아버지 생각하면
어머니 생각하면
눈이 맵고
코가 맵고
입도 칼칼해지는
뭐든지 맵게 타는
여름밤입니다

# 딸기

"하이고, 딱 니 아부지 코다!"

딸기를 따시던 어머니가
주먹만 한 놈을 움켜잡더니
깔깔대신다

"느이 아베
좋아하는 줄, 알라믄
어쩌믄 디는 중 아냐?"

"코를 보면 댜, 코를······"

"누룩막걸리라도 내 줘 봐라,
벌거니 이만만 해져서 킁킁대기 시작하믄
볼만하다니께"

"하이고, 나 참 우껴 죽지!"

"논배미선 조물주마냥

나락덜을 호령하던 양반이,
술만 만나면 어째 그라는 중 몰러”

“술 자시기 좋아하는 양반, 내 없이
하늘이서 속 좀 탈게다……”

어머닌 아실까요
아버지 얘기만 나오면
두 볼이 딸기처럼 부풀어 오르고
불그스레해진다는 걸

# 소낙비

변명 같은 건 듣고 싶지도 않은 건지
일단 퍼붓고 보는 저 성질머리
나도 성질 다 죽었지
한번 들어나 보자는 심정으로
그 억지소리를 다 받아 주었네

가슴팍 치듯 지붕을 후두리더니
이내 눈물을 죽죽죽 쏟아내는구나
달래며 손수건 내밀 여유도 없이
고래고래 악쓰며 대추나무 멱살을 흔들고
애꿎은 알곡들을 털더니
고추며 깻잎 머리끄덩이를 잡고서
온 텃밭 난장판을 만드는구나
이젠 다 포기다 싶어
방바닥에 벌렁 드러누웠는데
그래도 성이 안 풀렸는지
빨랫줄의 내 옷가지들 내동댕이치고서야
싸릿문을 축축축 빠져나가시는구나

갑자기
지난 삼월에 만난,
그 순하디순한 봄비
그 봄비가 촉촉촉
그리워지는구나

# 부산여행 1
— 감천동 문화마을


감천항 포구에서 시작된
소라게들의 피난 행렬이
옥녀봉 꼭지까지 형형색색 끝이 없다

낮에는 날카로운 발톱 곧추세워
천마산 자락에 깊이 묻고 매달려서는
죽은 듯, 없는 듯 지내다가

달이 하늘마루 턱밑까지 차오르면
달맞이꽃 피듯 슬금슬금 깨어나서는
야들야들한 입술과 거미줄처럼 긴 다리로
보랏빛 투명한 거품을 끓여 내어서
어머님 계신 푸른 바다 멀리로 끝없이 날린다

가엾어라
이제는 화석이 되어 인간에게 둥지를 내어주고
골목길 구불구불 이어진 소라게 발자국 따라
전설 같은 향수만이 남았구나

사람들은 지금도
그리움에 가슴 먹먹한 날이면
감천동 비탈길 헉헉 뛰어올라
바다로 향한 푸른 창 한가득 열어본다

그곳에 가면
하늘도 구름도 바다도 모두
그리운 빛깔로 마주앉아
내 어깨 토닥여 준다

# 부산여행 2
— 해운대의 밤


해운대 밤바다
흰 살결 수줍게 드러낸 백사장에서
밤새워 술을 마시고 노래를 불렀지

잠자던 고흐의 별 어지럽게 깨어나고
검은 바다 신비롭게 밀려와 입을 열더니
하얀 거품 뿜어내며 춤을 추었어

그날 밤 우리들은
거추장스럽던 삶의 부스러기들
꿈꾸던 바다에 모두 던져버리고
달맞이 고개에서 동백섬까지
쉬지 않고 훨훨 날아다녔지

반가운 눈동자들
추억 파는 모래언덕 위를
반짝이며 흩날리고 있었어

# 썰물

바다도
하루 한 번은
비우며 산다

3부

가을autumn

# 가을향기

여러분들은 가을을 어떻게 느끼나요
전 숨을 크게 들이마시며 내가 좋아하는
가을향을 끝없이 느낀답니다
담백하고 서늘함에 현기증이 이는
하지만 상쾌하게 내 몸을 거짓 없이 감싸는
커피향처럼 달콤하면서도 아득한 냄새

이문세 4집의 노랫말 같은 가을
김현식의 하모니카 선율 같은 그리움

지금도 난 가을이 되면 마로니에 공원의 은행나무를
향해
끝없이 신발짝을 던지며 은행을 터는 한 소년이 됩니다
정겹게 이어진 기와지붕 사이로 은행이 썩어가고
순진하고 어리석은 젊음은 서늘한 가을바람에 뒹굴고
있습니다

밤이 되면
혜화동 성당의 철문을 넘어선 나는 부끄럽게도

하얀 옷 입은 마리아 앞에 무릎 꿇고 기도합니다

가을을 사랑합니다
찬란하게 멀어진 별들을 그리워합니다
가을 밤하늘에 눈을 감고
숨을 크게 들이쉬면
이 모든 것들이 그리워집니다

# 상처

저녁 산책길에 흰 개
매번 목덜미를 따라붙으며
밉살맞게 짖는다

부글부글 참다못해
몽둥이를 드는 척 했더니

묘하게도 담날부턴
컹컹 주인장에게 생색만 내고
꼬리를 뺀다

괜히 안쓰러워
고놈 낯짝이나 보려고
다시 찾았더니

홱~
고개를 돌려 버린다

# 삼십계三十戒

어느 비틀거리던 밤
흔들리는 마음으로
방문을 열었다

이불 아래 곤히 잠든
발가락들이 눈에 들어왔다

하나, 둘, 셋, …… 스물아홉, 서른!
정신이 번쩍 들었다

발가락 개수만큼이나
저린 밤이다

# 동주*

무지개로도 모자랄
청춘의 한낮은
눈이 부신데
동주의 나라는
품고 다닐 시집 한 권
허락하지 않는다

사랑은
너무 아득하여 별 같고
꿈도 후쿠오카 창살 아래선
사랑보다 멀다

그림자만 밟고 지나간
청춘의 시간들
불 꺼진 밤하늘에서만
빛이 켜지는
죄 없는 자백들이
꿈 같기도
별 같기도 하여

동주의 시를 읽고 나면
쓸쓸해지는
이유다


* 영화 '동주'의 여운을 달래며.

# 생활의 달인*

군더더기 없는 동작은 손끝으로 익히고
뚝딱하는 재주는 세월로 빚어냈다
넘들은 돈 버는 기술도 쇠털 같더만
애저녁 없는 주변머리 덕분으로
티끌같이 모아서 밥 먹고 산 재주로
달인 소리 듣는다며,
연신 사람 좋게 웃는다
그래도 타고난 천성이 부지런하여
남에 것 탐하지 않고
아들 둘 가르치고 딸 시집보낸 것은
위안 삼을 일이다

솜씨 좋게 일을 갈무리한 생활의 달인이
막둥이 대학 졸업하면 그땐 좀 쉬마하고,

밥맛 나게 웃는다


* TV프로그램 '생활의 달인'이 된 모든 아버지에게.

# 단풍 오시려면

산에 단풍 오시려면
저녁노을에 머리 감고 노란 반달 베고 누워
살포시 머릿물 들입니다

산에 산에 단풍 오시려면
누렇게 들판을 뒹굴던 바람
도닥도닥 품어 안고
빨갛게 산마루 지는 해
둥개둥개 달래 업고
조심조심 밤마실 다니며
알록달록 오색저고리 물들입니다

산에 산에 산에 단풍이 내리시면
이산 저산 댕겨진 불꽃
에구머니나
산처녀 치마폭으로 옮겨붙더니
울긋불긋 고운매 뽐내시며
가을이 활짝 핍니다

# 광장시장

광장시장 그 덜컹거리는 열차 안
길게 늘어선 간이의자 비집고 앉아
소주 한잔 마시노라면
파고드는 사람들 사람들
서울사람들 이다지도 사람에 목말라 있었던가
쿵쿵거리며 술로 안주로 비워낸다

나 또한 목마른 자
시장기 가득한 술 한 잔 털어 넣고
작은 간이역 가년스럽게 피어 있을
가보처럼 기억하는 흑백사진 속 사람들
까끌까끌한 수염이며 익숙한 주름살들
살갑게 부비다 더듬다
돌아온다

세월을 추억하는 완행열차
곰삭은 손맛들이 푸짐하게 지글거리는
백 년의 가게 그곳에서

우리
술 한잔 합시다!

# 보름달

"엄니, 내다 좀 봐유
누이 왔어유"

"가라구 그랴
누가 그 꼴 본다구"

"엄니!"

"느이 아부지
숨 너머 가믄서 갸 이름
얼매나 불렀는 중 아냐"

"독한 년
여가 어디라구"

"나 죽거든도
다신 오지 말라고 그랴"

"……"

"누이야,
나가 미안혀……"

"내년이도 꼭 봐유"

# 별을 그리며

밤하늘에 별이 핀다
한두 송이 스물스물 깨어나더니
순식간 함박눈이 되어
수북이 쌓인다

별 하나가 운다
끝내 이름 짓지 못하고
암흑 속에서 죽어 간 어느 가엾은 목숨이
마지막 몸부림으로 절규하며
서럽게 운다

별 하나가 웃는다
당신의 품 안으로 날아가
영원한 생명의 노래를 부르며
눈부시게 빛나는 아름다운 꿈 하나가
그리움 보내며 웃는다

별이 춤춘다
내 가슴속에서 울고 웃다가

막 잠에서 깨어난 어린 별 하나가
밤하늘을 힘차게 올라
대견스럽게 춤을 춘다

나도 별이 되고 싶다
재가 되는 꿈일지라도
보석 같은 소망을 잃지 않는
끝없이 빛나는 별을 그려야겠다

# 가을 만찬

칠갑산 산마루가
들기름 콩기름 자글대며
은행전 단풍전
아삭아삭
바삭바삭
한 상 잘 차려졌습니다

감사히 잘 먹고 갑니다

# 4 부

겨울winter

# 백설기

방금 쪄낸 삶이
백설같다

욕심 지운 마음에
속살이 돋으며
김이 모락거린다

슬프게도 삶은
작은 교만으로도
돌덩이가 되곤 하지

말씀으로
순종으로
한없이 말랑해지고 싶다

그 사랑
간직하고 싶다

# 함박눈

하나님
주먹만 한 가르침의 말씀들
펑펑 쏟아 내신다

와아!
감탄사 절로 지르며
두 손 바짝 들어 올린 나

한 말씀
두 말씀
공손히 받아 들고
차곡차곡 가슴켠에 쌓는다

# 아날로그 저녁 밥상

아버진 쇠죽물 끓이시느라
아궁이에 커다랗게 앉으셔 군불을 지피시고
나는 부지깽이 장단으로 불씨를 까불리면서
눈구덩이 헤매다 온 손발을 녹인다

부엌과 장광을 들락거리시며
입맛 나게 건건이를 만드시던 어머니
뒤란 얼음항아리 꺼내온 배추김치 쭉 찢어
돌돌 말아 시원하게 한입 물려주시면
사이다처럼 톡 쏘는 그 맛에
군침이 입안 가득하다

솔가지가 탁탁 숨을 털어내기 시작하니
잔불에 꽁치 몇 마리 노릇하게 등이 굽고
뜸물이 솥뚜껑 벌리고 내려와 부뚜막을 적시면
밥 냄새 국 냄새로 상다리가 휘어진다

봉당 안 백열등엔 하얀 눈송이
밥꽃같이 날아들고

어둑해진 겨울 들녘엔
배고픈 철새들의 군무 소리 요란한데
그새 노곤해진 누렁이와 난 발갛게 그을린 낯짝으로
꾸벅잠을 졸고 있다

이제 곧 뜨끈한 아랫목에
저녁 밥상이 차려질 것이다

# 나무가 만든 별

저녁 어스름이 깔리던 산책길 복판에서
벌어진 사건이다
일몰 직후의 방심, 흑과 백으로
세상이 나뉘는 어수선함
하늘은 찰나의 버그로 검푸른 숲을 만든다
나무와 나를 제외하면
누구도 잡아낼 수 없었던 명백한 오류다

나무는 틈을 놓치지 않았다
어둠 속 몸을 늘리면서 발돋움 발돋움 하더라
수십 개의 가지들 바늘을 뻗어 가더니
정확히 정맥에 침을 꽂는다
흥건하게 푸르던 숨통을 단숨에 빨아들여
갈증을 해갈하나 싶었다
세상에나!
사색으로 변하는 하늘,
선명한 바늘 자국마다
툭툭 빛이 터져 나왔다
놀랍게도 별이었다

나무가 별을 만드는 것은 사실이었다
머리카락 숫자만큼 가지를 달고 살아야
가능한 일이라는 자백까지 받아냈다
하나님도 눈감아준 바이러스란다
콘크리트 하늘에도 수백 그루 백신처럼 깔아 놓으면
별이 쏟아져 넘친단다
쉿! 그러니까,
나무가 별을 만드는 것은
우리들만의 비밀스러운
약속이다

## 나무야 고마워


일 년을 툭툭 털어 낸
나무에게
하늘에서 하얗게 벼슬을
내리셨구나

이참에 나도
인사를 전하여 본다

나무야
한 해 동안 고마웠다

# 고드름

처마 끝에 나란하게
지푸라기 한입 물고
햇볕 쬐는 고드름
울 동생 심술 난
싸리 빗자루에
다다닥닥 따닥
귀뺨을 맞더니
한눈을 팔던
내 머리통
향해서
벌침을
쏜다
눈
물
이
·
·
뚝

떨어진다

# 시인의 마을에 눈이 내리면

시인의 마을에 눈이 내리면
눈꽃 피우기도 전에
흐드러진 말꽃
어느 별 춤추던 백조 한 마리
눈보라 펄럭이며 날아와
은빛 가루 반짝이는 언어로
시인의 가슴을 채워 준다

눈 내리는 시인의 마을에
산고産苦의 밤이 찾아오면
촛불보다 더 타오르는
시인의 눈빛
호주머니 가득 새까맣게 죽어간 이름들
하나둘 꺼내어 부르면
별이 되어 생명 친다

눈 덮인 시인의 마을에
해복解腹의 울음소리 밝아 오면
마침내 허락된 수혈의 시간

뜨겁게 터져버린 시인의 영혼
창백한 인간의 마을로
피처럼 흐른다

# 브록파 마을의 사랑

히말라야
깊은 골짜기에 사는
브록파 마을의 연인들은
색색이 가득한 꽃들로
화관을 만들어 쓰고
성스러운 살구밭에서
풋풋한 눈빛을 따내어서는
천 년을 흐르는 수로에 포개어 앉아
솜털 같은 서로의 손등을
살갑도록 씻어 주며
사랑을 익힌다

혹독한 겨울이 오기 전
외줄 하나에 목숨을 맡기고
얼음 줄기 굽이치는 계곡물을 건너고도
십 리는 더 걸어가
은붙이 장신구로 예물을 마련한 청년이
자랑스러운 걸음으로 돌아와
청혼을 하면,

고드름처럼 투명하게 이를 드러낸
브록파 여인의 환한 웃음이
그칠 줄 모른다

올해도 어김없이
신령스러운 사랑을 피워 낸
히말라야 브록파 마을에
첫눈이 내린다

# 12월의 눈꽃

12월의 눈송이들이 내려옵니다
곰실곰실 갓 깨어난 행복 DNA들이
가뭇가뭇한 저 우주를 열고 날아와
사붓사붓 환한 걸음을 딛습니다

12월에 눈이 내리는 것은
우리들 모두가 행복해지라는 것
고단했을 삶의 가지들
탁탁 털어 빈손일지라도
누구든 공평하게 맞이하는
하얀 눈송이를 받아들고
오늘 하루는 어린아이처럼 실컷
웃어보라는 것

12월의 눈송이를 맞고서야 비로소 우리는
해맑은 눈망울을 갖습니다

12월에 눈이 내리는 것은
우리들 모두가 꿈꾸며 살라는 것

버겁던 삶의 무게들
순수의 가지 위에 누이고
마음속 잊고 살았던 그리움
하얀 눈꽃으로 피워내
오늘 하루는 행복에 겨워 실컷
울어보라는 것

12월의 눈꽃을 피우고서야 마침내 우리는
아름다운 하나가 되었습니다

12월의 눈꽃들은 우리에게 말합니다
더러는 잊혀지고
더러는 산화되고
한바탕 헛된 꿈으로 부서질지라도
서로를 꼭 끌어안고 녹아들어
눈시울 뜨겁게 적셔버리는
눈꽃 한번 활짝 피우고 흘러가랍니다

# 산책예찬

겨울비에 입을 연 도랑물이
교문을 쏟아져 나오는 아이들처럼
아우성이다 그도 그럴 것이
주둥이가 살얼음에 달라붙어 옴짝을 못하였으니
오죽이나 근지럽고 답답하였을까
이때다 싶어 제힘을 다하여
삶을 부지런히 달려가는 것이다
그래, 오늘도 감동이다

우울한 날엔 방문을 열고 걸어 나가 보자
이 겨울에도 결코 움츠러들지 않는 생명들이
지천으로 널려 싱그럽다
어느 하나 내 맘 아닌 것 없다

논밭으로 구부러진 사랫길 부지런히 걷다가
노을 매단 감나무 아래서
작은 기도로 바라보자
눈물겹도록 물들여지는 내 삶을

# 크리스마스의 기적

별

닮은

성탄의 꿈은

무지개가 찬란한

밤하늘엔 뜨지 않습니다

어머니의 복중

깜깜한 카오스의 어둠을 뚫고

가장 순수한 빛으로 울음을 터뜨립니다

공허하게 웃음 짓고 있는

크리스마스트리의 전등은 모두 끄시고

두렵고 어린 마음으로 숨 막히게 열리고 있는

당신의 밤하늘에 크리스마스의 기적을 만들어 보세요

별은

꿈은

사랑은

거룩한 성탄의 밤하늘에서

당신의 탄생을 소망하며

잠 못 들고 있습니다

# 5 부

시가 익는 계절the season of poetry

# 완벽한 착륙을 꿈꾸다

풀씨가 우주를 여행하고 돌아와 지구로 완벽하게 착륙하는 데 성공하고 있습니다 엄밀히 말하자면 불시착이라고 해야 맞겠네요 세상에 완벽한 착륙이란 존재하지 않으니까요 그렇게 믿고 싶을 뿐이지, 실은 우리가 완벽하게 착륙했다고 믿는 것들의 대부분은 장애로 혹은 동력을 잃어서 더 이상 비행이 불가능한 상태로 추락하며 내려앉는 거잖아요

인류만 보더라도 불시착의 모험과 이륙들이 만들어 낸 작품일 거예요 탐욕을 채울 가장 완벽한 지점으로의 불시착을 기대하는 이륙들 말이에요 종의 진화와 대륙의 발견, 종교 문화 예술 사상 등 헤아릴 수 없는 것들이 끊임없는 불시착의 위험과 댓가를 치르고 이루어 낸 전리품들이죠

이제 착륙이라는 말보다는 불시착이라는 단어에 더 친근해져야 할 필요가 있겠어요 전 뭐 괜찮습니다 어차피 완벽한 착륙을 꿈꾸며 출발한 적은 별로 없었으니까요 밀려오는 바람과 당신의 뜨거운 입술이 항상 문제였지

요 나를 들뜨게 하고 달아오르게 하고 이륙시키는 당신
의 속삭임들 말이에요

　후우우우 당신이 입술을 모으고 힘껏 입김을 불어서
풀씨를 이륙시킵니다 이제 세상에서 가장 아름다운 여
행이 시작될 겁니다 완벽한 불시착을 꿈꾸는

# 오전 11시, 노인이 걷고 있다

오전 11시, 지하철 1호선의 환승 통로가
노인들로 붐비고 있다
모래시계 같던 생의 초침들을 다 소진하고
잉여를 연금처럼 받아 든 가시고기들이
한 짐 고독을 배낭으로 꾸려서
타인의 시간 속을 배회하며
수채화가 되고 있다
그나마 굳은살이 박인 요령을 나침반 삼아
두리번거리지 않으려,
서성거리지 않으려는 듯
어제 밟고 온 오늘을 질문하며
더딘 시침을 터널 끝으로 밀어내려는지
고질병이 된 두 다리를 옮기고 있다

오전 11시에는 모든 삶이
감상적인 화살로 과녁을 통과하는 시간이다
노인의 걸음처럼 느려진 내일의 운명들은
운 좋게도 나를 비껴가고 있다
하지만, 죽음을 기억해야 하는 것처럼

노인을 기억해야 한다

오전 11시에 멈춰 선 노인의 걸음은
나에겐 느린 풍경화고,
그에겐 오늘을 의식하는
경건한 소비가 된 지 오래다

# 인간적인 저녁을 향하다

여느 때와 같이 숨 가빴던 하루는 초저녁이 되어서야 퇴근이다 급할 것 없는 저녁 거리로 나서니 진눈깨비 몇 녀석 떼구르르 명랑하게 까불며 뛰어내린다

잰걸음으로 시합하느라 시려진 코끝을 사부자기 외투 자락에 묻으니 오늘 하루가 아늑하게 냄새로 누워있다

집 앞까지 따라붙는 녀석들 간신히 돌려놓고 얼른 창가에 서 보니 가로등 아래로 울림을 내며 제법 자유롭게 비행을 시작한다

출출하기는 마음이 더 곤궁한지, 커피를 달달하게 타 소파에 묻히다가 눈사람 같은 사람들이 그리워져 눈길을 헤치듯 리모컨을 돌린다

그새 굵어진 눈발로 내일 아침엔 세상을 눈 속에서 꺼내야 할지 모른다

난로에선 주전자가 팔팔하게 저녁을 데우느라 잔소리

꿈처럼 달그락달그락

　가로등 아래선 아빠를 앞세운 어린 눈발들이 기분 좋게 흥이 올라 사그락사그락

　인간극장에선 산골 노부부의 아궁이 지핀 황혼 로맨스가 사부랑사부랑 가슴켠을 녹인다


　눈사람도 인간적인 저녁이 그리웠는지 친구처럼 달려와 서 있다

# 한 바퀴 철학

한 바퀴에는 당신이 알지 못한
많은 비밀들이 숨어 있다
아무리 작고 소소할지라도
완전하게 한 바퀴를 돌아본 이라면
한 바퀴 철학자가 된다

부처의 수행도 영겁을 달린
한 바퀴의 깨달음이고
예수의 부활도 가엾은 반 바퀴들을 위한
한 바퀴 완전한 사랑하심이다

어머니는
그의 온전한 한 바퀴, 나를 위해
고스란히 바치셨다
모두 다
한 바퀴 철학자들이다

한 바퀴만 꾹 참고 달려보자
한 바퀴를 돌면 두 바퀴 세 바퀴가

저절로 굴러온다

한 바퀴는 시작이자 완성이다
지구도 매일 한 바퀴를 돌아서
눈부신 아침을 생산한다

# 꽃 터는 밤

꽃들이 달빛 아래 모여서
잎들을 털어내고 있는지
향기로 어지러워 잠들 수가 없네요

창문 열고 가만히 훔쳐 보는데
살구나무가 제일 먼저 달려와서
있는 손 없는 손 수북하게 담그더니
살구향 살살 나는 살구꽃
아름드리 배나무도 한 아름 안더니만
배시시 배시시 좋아 죽네 배꽃
막차 타고 허겁지겁 뛰어온 탱자나무
탱자 탱자 놀면서도 꽃은 피네 탱자꽃

꽃 떨어질라
살그머니 창을 닫고 누웠는데
눈꺼풀에 꽃잎들이 막 달라붙어
떨어지질 않아요
눈만 깜박거리기만 하면
살구꽃이 살살살 살랑살랑

배시시 배시시 배꽃이 배시시
탱자꽃이 탱자 탱자 나랑 놀자 눈웃음치며
그냥 환하게 막 달려들잖아요

어찌나 훤하고 후끈 후끈거리는지
눈이 말똥말똥 잠도 오질 않네요

# 타인他人 탐구*

아주 오래된 숙제가 하나 있었으니
타인他人의 양심을 실험하는 탐구이다
혹여 타인을 빙자해
자기합리화 기반을 위한 가설이거나
타인을 향한 질투심의 발로라
꼬집을지 몰라
해답을 손에 쥐고도
자기고백의 그럴싸한 사유를 발견하지 못한 죄
오늘에야 결과를 공개할 수밖에

타인과 나에 따라
선과 악의 기준은 달라질 수 있다
선과 악의 허용치도
달라질 수 있다는 나의 가설은
통계학적으로 결론짓자면
가설 기각되었다

첨삭하자면,
위 가설은 사적 감정 개입으로

객관적인 모집단 구성에 실패하였으며
도덕적 일탈에 대한 타인의 허용치를
과다하게 책정하는
치명적 오류를 범하였다

오류에 대한 이의나 반박은 않는다
다만, 아래와 같이 사족蛇足을 달며 연구를 맺는다

오늘로 타인을 향해 치닫던
오랜 나의 질투에 마침표를 찍는다
이후로는 스스로를 더 사랑하겠노라


* 기형도 시 「질투는 나의 힘」에 바침.

# 끓는점

무색무취 평정심과 특유의 유연성으로
채우지 못할 그릇이 없는 그이다
그 속은 또 어찌나 맑고 투명하던지
미꾸라지 물방개가 노는 물과는
급수부터 다르다

이렇듯, 고매한 성품을 자랑하며
무골호인無骨好人 점잖은 그에게도
숨기고픈 격정의 지점은 있다
가끔은 입에 거품을 물기도
아주 가끔은 양 귀에서 스팀을
뿜기도 하는데
눈치 없는 나,
스톱 할 줄을 모른다

아뿔싸!
꼭지가 돌며 그의 뚜껑이 열리고 있는
민망한 순간이다

모두가 끓는점을 건드린 죄이다

잠깐! 누군가 또,
그의 끓는점을 건드리고 있다
지금부터는 타이밍 싸움이다
말보다 빠른 눈치를 필요로 하는 순간이다

아차 하면,
다 들통 난다

# 알통과 주름살 이론

남자의 자존심은
알통이라 해도 과언은 아니다
불의를 보고도 꾹 참을 수 있는 것도
사실은 남자의 팔뚝에 차고 있는
튼실한 알통 때문이다
뭘 모르는 분들이야 깔깔대고 웃을 일이겠지만
들어나 보시라

만약,
이놈이 화가 나서 주먹에 강력한 힘이라도
쥐여 줘 봐라
몇이나 그 힘을 버텨내겠는가
불의를 해결하려다 공연히
귀한 인명을 해칠 수 있음을 아셔야 한다
하여, 못 본 척 두 눈 질끈 감고 마는 것이다

좌우당간 알통을 가진 사나이치고 내 말에
고개 끄덕이지 않을 자 과연
누구이겠는가

한 가지 덧붙이자면,
남자가 나이를 장착하고부터는
새로운 아이템이 필요하다
아! 물론 여전히 내 팔뚝엔 알통이 건재하다
한번 만져보시라

다만,
남자의 지적인 매력을 발산하는데 살짝 알통이
부담스럽다는 것이다
언제까지 힘자랑만 할 수는 없지 않은가

이제 알통에 살짝 힘을 빼고,
남자의 얼굴로 관심을 돌려
아주 지적이고 서글서글한 녀석들로
주름살 몇 개 장착해 봐라
그깟 알통에 비견할 수 없는
진짜배기 자존심이 탄생할 것이다
주름살은 남자의 완성이라 해도

절대 과언은 아니다
그러니, 남자들이여! 한번 장착해 보시라

그래서, 몇 살쯤이면 가능하냐고

한 마흔다섯
아니지 한 마흔아홉이면 근사해지겠네

나처럼 말이야

# 호취도
— 오원 장승업 그림

호취도는 몇 해 전에 그린 그림으로
한양 사대부집 안방에 꽁꽁 숨겨져 있을 터인데
그림을 어디에서 보고 청하는 것인지
여인의 간절한 눈빛이 알 수 없는 노릇이다

승업의 입장에선 마음속에 담아 놓은
그림 하나를 끄집어내어 되새김질하는 일인지라
먼저 가져간 자에게는 아니 되었지만
어렵지만은 않은 일이었다

갑작스럽게 벌어진 상황으로 화방은
그림 그릴 준비로 분주해졌다
손님들에겐 찻상이 나왔고,
넓게 펼쳐진 마루에는
벼루에 먹을 가는 소리와 함께 은은한
묵향이 퍼져나갔다

어느새, 종이를 마주한 승업이
깊게 호흡을 가다듬더니 살며시 눈을 감는다

격한 감정으로 요동치던 그의 얼굴이 일순간 고요해졌다

천천히 붓을 든 승업의 손이
먹물을 먹여 종이에 대는가 싶더니, 먹물이 채 마르기
도 전에
농담이 잘 어우러진 고목과 곁가지를 화선지에 그려내
었다

"과연, 장승업이야!"
구경꾼들의 입에서 탄성이 흘러나온다
승업이 다시 붓을 적시더니, 이번엔 화면의 상단과 하
단에
긴장감 넘치는 몸짓과 매서운 눈빛의 독수리 한 쌍을
대담한 듯 세밀한 필치로 그려서는
그림 속에 조심스럽게 풀어 놓더니
숨을 털어내며 붓을 놓았다
그야말로 눈 깜짝할 사이에 벌어진 일이었다
신기에 가까운 붓놀림을 지켜본 구경꾼들의 입은
좀처럼 다물어지지 않는다

"놀라워요!"
 대가의 그림을 바로 눈앞에서 생생하게 목격한 그녀의
온몸이
 충격과 감동으로 전율한다


 어디서도 접하지 못하였던 전혀 다른 세계의 신비로움
이며
 상식을 완벽하게 무너뜨리는 경이로움이었다


 승업의 모습이 전과는 비교조차 할 수 없을 만큼 광채
를 띠며
 그녀의 가슴으로 파고들었다


* 오원 장승업의 '호취도' 스토리 텔링.

# 미인도
— 신윤복 그림

백옥같은 얼굴 쌀 뜬 물로 말갛게 씻은 후에
버드나무 목탄으로 눈썹을 그려 넣고
곱게 빻은 홍화 가루를 뿌려 볼 위에 얹고
앵두 입술에도 칠하여주니
은은하게 화색이 돌며 피어나는구나

동백기름 살짝 발라 머리 빗어 올리고
비단옷 단아하게 차림새 살펴보니
수놓은 갑사*로 만든 단속곳* 위에
백방사주*로 속속곳*을 지어 입고
무지기치마* 올려 치마 속을 부풀려서
대슘치마* 둘러 치마 모양을 잡아 준 후
속치마 살짝이만 드러내어 겉치마 올려 매니
사내 가슴 어찌 아니 녹겠는가

속적삼 위에 속저고리 입고 나서
야리야리한 비단 가슴띠를 하늘하늘 두르고
속곳이 살짝 드러나게 밭은* 저고리 걸치어 서서
선봉잠 은비녀 봉황잠을 이리 꽂고 저리 꽂아

한껏 멋을 낸, 그림 속 저 여인은 누구란 말인가

누구기는요
내가 바로 조선의 유행을 선도했던 미인도이지요


* 갑사: 명주실로 얇게 짠, 품질이 좋은 옷.
* 단속곳: 치마 안에 입는 속옷의 하나. 양 가랑이가 넓고 밑이 막혀 있다.
* 백방사주: 흰 누에고치에서 켜낸 실만으로 짠 명주.
* 속속곳: 여인이 아랫도리의 맨 속에 입던 속옷을 이르던 말.
* 무지기치마: 겉치마가 부풀어 오르게 보이려고 치마 속에 입던 통치마의
  하나.
* 대슘치마: 겉치마의 아랫부분을 자연스럽게 퍼지도록 하는 여자 속치마
  가운데 하나.
* 밭은: 길이가 짧은.
* EBS다큐 〈한양의 뒷골목〉, 조선의 뒷골목 풍경(강명관), 조선풍속사(강
  명관) 참고.

# 까마귀가 나는 밀밭*

까마귀가 나는 밀밭으로 가고 있어
최초의 나를 만든 곳을 고향이라 부른다면
삶은 끊임없이 나를 출산하러 떠나는
고향으로의 여행
우린 얼마큼의 고향을 만나고 태어난 걸까
왜 다시 출발점에 서려는 거지
아마도 출산의 환희를 잊지 못한 인간의
본능 같은 욕망일 거야

까마귀가 나는 밀밭에 서 있어
바람은 가끔 강렬하게 타오르는 곳으로
날 데려다 놓곤 하지
오랜 여행의 직감으로 알 수 있는
특별한 곳 말이야
여기 밀밭은 그런 약속이 있는 땅이야
생의 마지막 불꽃이 격렬하게 깨어나는
최후의 고향 말이야

밀밭에 바람이 불어오고 있어

삶은 어둠 깔린 공포의 바다를 걸어가는 거야
바다 한가운데서 출산을 꿈꾼다는 것은
두렵고 용기가 필요한 일이지
그때마다 바람이 날 일으켜 세웠어
바람이 없었다면 한 발짝도 떼지 못했을 거야

바람을 타며 까마귀가 날고 있어
고독의 바다에서 긴 여행을 마치고 돌아온
내 영혼의 까마귀떼가
용광로처럼 타오르는 밀밭을 차고 올라
생과 사 넘어 본래의 고향을 향해서
힘차게 날갯짓을 하고 있어

지금 까마귀가 나는 밀밭으로 가 봐
생의 마지막 불꽃들이 황홀히 타오르고
내 영혼의 까마귀떼가 춤을 추고 있는 곳 말이야


* 까마귀가 나는 밀밭: 고흐의 그림.

에필로그

# 나의 글은

나의 글은
눈 감고도 훤히 들여다보이는
우리 동네입니다
먹자마자 금방 출출해지는
보리밥입니다

빈자가 되어 도시의 지하에 누워 본 적도 없습니다
낭만스럽게 센강변을 걸어보지도 못 합니다
사상이 되어 깃발처럼 펄럭이지도 못 합니다
교회 지붕 꼭대기의 십자가는 꿈도 못 꿉니다

익기도 전에 똑똑 따 먹은
풋사과 같습니다
그래도, 발버둥 치는 이유 하나는
분명합니다

사랑하는 마음 잃지 않고 살아가려는
몸부림입니다

나의 몸부림은 지금도
지금도 바람 앞에 서 있습니다

# 바다에 서다

때론 구체적인 진술이 죄가 된다. 끝없는 다시를 반복하지 않으려면 의자를 바짝 당겨 앉아야 한다. 오전 내이어진 진술엔 누구 하나 동의할 수 없다는 분위기다. 다충적이지 못 한 평면적 사건의 구성, 자아분열을 의심할수 없는 일관된 감정진술이 문제였다. 아니라고 벨을 눌렀지만, 거짓이라는 탐지기의 판독에 손을 들고 말았다.

─ 상투적이고 낯설지 못해 다시다.

조사관이 설렁탕 한 그릇을 디밀며 나의 시선을 쫓는다. 그에게 눈빛을 읽혀 버리는 순간, 과거로의 회기를무한 반복해야 했다. 시간에 밀리며 다시를 반복하고 있다. 그의 레시피를 이해해야 한다. 그의 까다로운 입맛을 통과해야만 미식가들은 잘 짜여진 식단을 마주함을알게 되었고, 기억을 들켜버린 물고기는 항상 먹기 좋게가시만 발라 놓고 깊은 바다로 헤엄쳐 숨어 버렸다.

─ 그를 향하는 사람들의 신뢰가, 불안하다.

방법이 없는 것은 아니다. 낯선 물고기의 언어로 잠시 그의 눈을 기절시키자. 일종의 눈속임이 필요한 순간이다. 원산지를 먼바다 원양어선산으로 표기하고 해저에나 존재할 것 같은 물고기의 지느러미를 쓰다듬으며 비늘을 탐닉하다 눈물을 닦아주는 걸로 마무리하자. 그의 동공이 마취에서 깨어나기 전에 그의 식탁에서 미끄러져 나오면 성공이다.

— 그는 노련했고, 나는 현란하지 못했다. 다시 다시다.

나는 좋은 어부가 아니다. 모름지기 베테랑이란 수년간 배 한 척에 의지해 암흑 같은 바다를 표류하며 파도에 맞서기도, 바다목장주 같은 강인함과 노련함으로 펄펄 뛰는 참치떼를 가두리하는 솜씨와 기술도 있어야 함을 알아버렸다. 표류하듯 읽어 내린 '노인과 바다'로는 물고기의 눈빛을 읽는다거나 청새치의 속도를 따라잡기에 역부족이다. 다시 되돌아갈 바다를 기억하기가 쉽지 않다. 먼바다 가두리에서 먹기 좋게 캔으로 가공된 바다 식탁의 당당한 소비자가 되고 싶은 충동을 느낀다.

– 길을 물으며 자꾸 뒤돌아본다. 표류하고 있다.

　폭풍을 아무렇지 않게 삼켜버린 아침 바다처럼 조사관
이 자리에 앉는다. 침묵으로 안주머니를 더듬더니 묻지
도 않고 담배 한 개비를 입에 물려준다. 담배는 끊었다.
다행히, 그가 주고 싶은 문장만은 또렷이 해독할 수 있
었다. 연기가 좁은 창문을 벗어나고 있다. 순간 자유로
움이 다시 내 몸을 기어 다닌다. 실패로도 커질 수 있다
는 욕구 같은 희망이 아찔하게 스친다. 이제 바다는 끊
을 수 없는 마약이다. 웅크린 발밑으로 더듬더듬 바다가
밀려와 발목을 간지럽힌다.

　– 일주일째, 말라 있는 나에게 물을 주었다. 파도를
읽는 속도가 빨라지고 있다.

　벼리던 창날이 서서히 바다를 향하고 있다. 손끝은 감
각들로 깨어나 예민하다.
　준비는 끝났다.

− 다시 다시 다시다.

바다에 섰다.